Über dieses Buch:

Ein authentischer Bericht einer Krankenschwester. Der Schreibstil dieser Autorin ist äusserst einfach, beschränkt mit nur geringem Wortschatz. Ich habe es wortwörtlich übernommen. Aber es ist darum umso glaubwürdiger. Sie berichtet aufrichtig über ihr Leben wie in einem Protokoll, meistens sehr vorsichtig und gegen das Ende immer mehr mit einem angeschlagenen Selbstgefühl. Aber am Schluss schrieb sie dennoch «HALLELUIA». Sie war ihr Leben lang völlig wehrlos, denn ihr Wille wurde gebrochen. Dennoch hat sie immer wieder einen neuen Anlauf genommen.

Die Verfasserin:

Erica-Laurence Schneeberg, Zürich. Sie hat bisher drei Bücher geschrieben und bei BoD veröffentlicht.

Erica-Laurence Schneeberg

(Autorin- Schwester Adelheid)

KRANKENSCHWESTER ADELHEID

Werdegang und Femegericht

Bibliografische Information der Deutschen Nationalbibliothek: Die Deutsche Nationalbibliothek verzeichnet diese Publikation in der Deutschen Nationalbibliografie, detaillierte bibliografische Daten sind im Internet über http://dnb.dnb.de abrufbar.

©2019 Herstellung und Verlag:

BoD – Books on Demand, Norderstedt

ISBN: 9 783749 409662

Inhalt

Vorwort der Verfass

Als ich neulich wieder einmal meine kleine Haushaltsbibliothek durchstöberte, fiel mir ein kleiner Einband aus früheren Jahren in die Hände. Es handelt sich dabei nur um eine Kopie eines Manuskriptes, welches mir persönlich von einer Krankenschwester überreicht wurde. Ihre klare Absicht war Gehör zu finden und damit an die Öffentlichkeit zu gelangen. Sie ist somit die eigentliche Autorin. Ihren bürgerlichen Namen habe ich nie erfahren können. Den Kontakt zu dieser Frau fand ich durch die Teilnahme in einem kleinen Gesangschor einer methodistischen Kirche in Zürich. Hier wollte ich nur ein wenig meine Stimme üben und hatte keine weiteren Ambitionen, denn ich war in meinem Beruf ziemlich gefordert. Für diese Schwester hatte ich eigentlich keine Zeit. Es war eine kleine, nette und hübsche Person mit Berner-Dialekt. Ihre Statur war etwas mollig und ihr immer noch blondes, gelocktes Haar, war es auch, mollig und wollig. Da war kein Mangel, alles war hübsch aufgesteckt und frisiert, beinahe wie bei einer Puppe. Ihr Alter war schwierig zu schätzen, aber sie war schon in Pension. Ihr blaues Augenpaar leuchtete mir hoffnungsvoll entgegen, als sie mir die Blätter überreichte. Klein und unscheinbar stand sie dabei in dem mit bunten Glasfenstern ausgestatteten Kirchenchor. Nur ein paar Wenige überragten diese bescheidene Kleinigkeit. Es waren dies der Leiter und zugleich Prediger, seine Gemahlin, die Organistin und etwa zwei ihrer näheren Freunde.

Als ich dann zuhause dieses Manuskript vor mir hatte, es war in Schreibmaschine, gut übersichtlich und fehlerfrei, da begann ich mit Spannung zu lesen und konnte nicht mehr aufhören damit, bis ich durch war. Ich war zutiefst erschüttert über die Tragik, die sich mir offenbarte. Ich konnte das nicht einfach wegstecken und sogleich flimmerten mir Bilder aus ihrer Geschichte entgegen und ich begann diese zu zeichnen. Dieser armen Frau wollte ich irgendwie helfen, und so verfertigte ich im Kopierverfahren ein kleines Ring-Buch mit meinen Illustrationen, welches ich ihr im Doppel, in A5

Format übergab. Eines davon ging auch in die Hände der Chorleitung. Dass ich dies hier vermerke, hat einen bestimmten Grund, einen Rechtlichen. Als ich nämlich dieses Buch jetzt wiederfand, wollte ich wissen, ob es inzwischen bereits jemand veröffentlicht hatte. So machte ich mich auf die Suche nach dem ehemaligen Leiter der Kirche und fand ihn schlussendlich in dem nahestehenden Altersheim dieser religiösen Gemeinschaft. Ich konnte mit ihm in telefonischen Kontakt treten und er mochte sich schwach an mich erinnern. Auch an Krankenschwester Adelheid erinnerte er sich gut, wie sie am Schluss bei ihnen in der obersten Etage gewohnt hätte. Als ich dann aber von dem Manuskript anfing, wurde er ziemlich heftig: «Sie müssen wissen, dass man ihr nicht alles glaubte. Sie war gewiss eine Liebe, aber eben, sie hat auch viel phantasiert und geredet. Lassen sie das mit diesem Buch, das interessiert sowieso kein Mensch». Da war ich schon etwas verblüfft, wie der jetzt sprach, so als ob Adelheid nicht recht im Kopf wäre. Mir jedenfalls war sie völlig normal vorgekommen. So drang ich weiter in ihn mit Fragen nach dem Grund seiner Ablehnung. Aber er wollte nicht weiter darauf eingehen und schrie beinahe durchs Telefon: - «Hören sie auf, das dürfen sie gar nicht, sie war ja sogar schon in der Irrenanstalt!» Unser Gespräch fand somit bald darauf ein höfliches Ende. Nun überlasse ich es Euch, es anzunehmen, zu lesen, oder zu verwerfen. Was sie aber zuvor unbedingt wissen sollten ist das Historische über die Erziehungsanstalt auf Schloss Köniz. Ich habe folgende Recherchen in der Presse via Internet gefunden.

Schloss Köniz bei Bern CH

Früher war das Schloss Ort politischer und kirchlicher Macht. Das leere Schloss war ab 1835 voll von Handicapierten und Benachteiligten. Zunächst wurden Landsassen-knaben, einquartiert, Knaben aus Familien die über keinen Heimatort verfügten, Kriegswaisen, und darum keine Unterstützung der Gemeinde erhielten. Auf die historischen Sanspapiers folgten Abkömmlinge von Fahrenden, Liederliche und anderweitig «Missratene».

1835 schuf Bern sein erstes Schulgesetz für die Volksbildung und Volksveredelung. Seine Ziele waren unter anderem die Allerärmsten in

Erziehungsanstalten zu versorgen. Damit hat Köniz sein «Anstaltsjahrhundert» eingeläutet. Es folgte eine Einrichtung für Mädchen, ein Blindenheim, darauf ein Arbeitsheim für schwachsinnige Mädchen. In demselben Gemäuer wirkte eine Institution mit ganz unterschiedlichen pädagogischen Ansätzen, die sogenannte `schwarze Pädagogik`. Sie war darauf ausgerichtet, den kindlichen Willen zu brechen um damit brachial die Armutsfolgen auszumerzen. Ich zitiere den Schweizer Theologen und Aufklärer Johann Georg Sulzer: «Diese ersten Jahre haben unter anderem den Vorteil, dass man da Gewalt und Zwang brauchen kann. Die Kinder vergessen mit den Jahren alles, was ihnen in der ersten Kindheit begegnet ist. Kann man da den Kindern den Willen nehmen, so erinnern sie sich hernach niemals mehr, dass sie einen Willen gehabt haben, und was sie waren». Tipp für Eltern: Wer wissen will, womit man die Kleinen schrecken kann, wird in Köniz fündig!» (Der Bund)

Ps. Das waren noch schreckliche Zeiten!

Und nun zum Buch der Schwester Adelheid

Ich wurde am 19. Dezember 1909 in Bern geboren. Heimatberechtigt bin ich in Worb bei Bern. Nur acht Jahre konnte ich bei meinen Eltern verbringen.

Als ich noch nicht ganz acht Jahre alt war, starb meine Mutter an der Geburt des achten Kindes. Sie war schon längere Zeit herzkrank gewesen. Mein Vater litt jahrelang an einer Knochentuberkulose. Wir mutterlosen Kinder – ich war die viertälteste – konnten nicht beisammenbleiben und wurden teils in Heimen und teils bei Verwandten untergebracht.

1

Die schönere Zeit, Längenberg

So kam ich zu einer Tante meines Vaters, also
der Schwester meines Grossvaters auf den Längenberg. Sie mochte so ca. um die 58 Jahre alt
sein. Dort erlebte ich die drei schönsten Jahre
meiner Jugend und denke noch jetzt gern an
diese Zeit zurück. Der Mann meiner Grosstante
war Prediger der evangelischen Gemeinschaft.
Alle waren lieb zu mir. Ich erhielt schöne Spiel-
sachen, und bei den Schulaufgaben wurde mir
geholfen. Die acht Jahre ältere Tochter hatte ich
besonders ins Herz geschlossen. Ich nannte sie
oft «Goldiges liebes Engelchen», weil sie so gut
zu mir war.

L ängenberg:

Sie durften immer im Freien sein und unternahmen auch Wanderungen. Ein schöner Tag unter blauem Himmel. Golden leuchtet die Sonne über die weiten, grünen Matten. Ein Kornfeld kündigt vom baldigen Segen, den die beiden Bauernhäuser weit hinten am Horizont erwartet. Hier konnte Adelheids Seele viel Kraft für ihr späteres Leben schöpfen.

Evangelische Prediger waren seinerzeit breit vertreten in vielen Kantonen der Schweiz. Dies vor allem im Kanton Bern. Sie hielten ihre Predigten z.B. in Brüdergemeinschaften, hatten Lokale mit Harmonium, welches die Gesänge der Gemeinde begleitete. Für die Kinder, wie den Alten, war das ein beliebter Anlass, und auch ihr Einziger. Es war ihr ganzer Inhalt. Und es wurde auch der Inbegriff für das Mädchen Adelheid.

Sonntagsschule

Aber an einem Sonntag war ich sehr enttäuscht und nicht zufrieden mit dem Engelchen. Sie hielt nämlich Sonntagsschule und sagte, Jesus habe den Petrus dreimal gefragt: «Hast Du mich lieb?» Ich dachte: «Was geht mich der Petrus an, und wieso muss er ihn dreimal fragen? Hätte er mich gefragt, ich hätte sofort ja gesagt». Sie sagte aber nicht, dass Jesus uns auch liebe. Am Nachmittag fragte mich die Grosstante: «Was weisst du noch von der Sonntagsschule?» Ich gab keine Antwort. Sie sagte: «Weil du nichts weisst und nicht aufgepasst hast, musst du nun ohne Nachtessen ins Bett», und sie hat es wahr gemacht. (Andere sagen dem: «Sie hat nur das Plätzchen gewärmt»).

Die Bewohner auf dem Längenberg waren ausschliesslich Bauern. Ich wurde überall mitgenommen, und alle Bauern, samt ihren Kindern, waren recht lieb zu mir. Die meisten Kinder, wie auch ich, hatten einen weiten Schulweg. So hatte man im Sommer keine Schule. Im Winter brachte uns abwechslungsweise ein Bauer mit Wagen und Pferd zur Schule. Die Strasse war jeweils so vereist, dass man nicht zu Fuss gehen konnte.

Über Mittag blieben wir in der Schule. Es gab Suppe, Brot und Milch. Eine Bäuerin im Dorf wollte nicht, dass ich nur solche karge Speise bekam, will ich so bleich und mager war. Sie erschien jeden Tag mit dem Schlitten und einer Wolldecke in der Schule und holte mich ab. Sie setzte mich auf den Ofentritt an ein kleines Tischchen auf einen kleinen Stuhl und gab mir ein gutes Essen. Dann brachte sie mich wieder gut zugedeckt auf dem Schlitten in die Schule. Dies machte sie alle Tage.

Worb, die Wendung

Als Prediger wurde mein Grossonkel später nach Worb versetzt. Als wir dort waren, wurde meine Grosstante nach sechs Monaten krank. Sie hatte Krebs und musste im Bett bleiben. So war denn auch meine Stunde gekommen – ich musste fort, konnte nicht mehr bei der mir lieb gewordenen Familie bleiben.

Meine Grosstante schrieb dann an die Vormundschaftsbehörde in Bern. Man fragte mich was ich lieber wolle, nach Wabern bei Bern zu meinen zwei grösseren Schwestern oder nach Köniz zu meinen zwei kleineren Schwestern, welche alle im Mädchenheim waren.

KÖNIZ

Ich entschied mich für die zwei kleineren Schwestern, weil ich dachte, diese hätten mich vielleicht nötig. Meine Grosstante machte mir eine grosse Schachtel voll neue Kleider und Wäsche bereit. Leider hatte ich nie die Gelegenheit, all diese Sachen zu tragen. Mit der schweren Schachtel wurde ich nach Bern zur Vormundschaftsbehörde gebracht. Der Vormund öffnete diese und sagte: «Viele schöne Kleider hast du, aber sie werden dir in der Anstalt schon etwas zum anziehen geben, du brauchst die Kleider nicht».

Ringelreihen auf dem Hofplatz im Schloss Köniz, zu einer Zeit, also dort die bernische Privat-Blindenanstalt Köniz (1850–1920) einquartiert war. Foto: Archiv Blindenschule Zollikofen

Hiebe und Liebe in der Anstalt

Im Schloss lebt gewöhnlich der Adel. Im Schloss Köniz hingegen lebte über 165 Jahre hinweg die Jugend der Allerärmsten. An ihrer Geschichte lässt sich ablesen, wie bewegt das bernische «Anstaltenjahrhundert» war.

Er nahm mir alles weg, und so wurde ich in die Anstalt nach Köniz gebracht. Meine Schwestern hatten keine Freude an mir. Wir hatten in den nächsten fünf Jahren kein gutes Verhältnis untereinander. Sie waren neidisch, weil ich erst jetzt kommen musste. Ich war die ganzen fünf Jahre sehr unglücklich, niemand liebte mich. Im Frühling nach meinem Eintritt, kam ich in die fünfte Klasse und bekam eine recht böse Lehrerin. Sie hatte keine mütterlichen Gefühle und sagte alles mit dem Stecken. Ihre Blicke waren so bös, wir hatten alle Angst vor ihr. Ich hatte immer das Gefühl, dass man uns nur das

8

allernötigste beibrachte. Die Schule, die ich bis anhin besucht hatte, war viel besser.

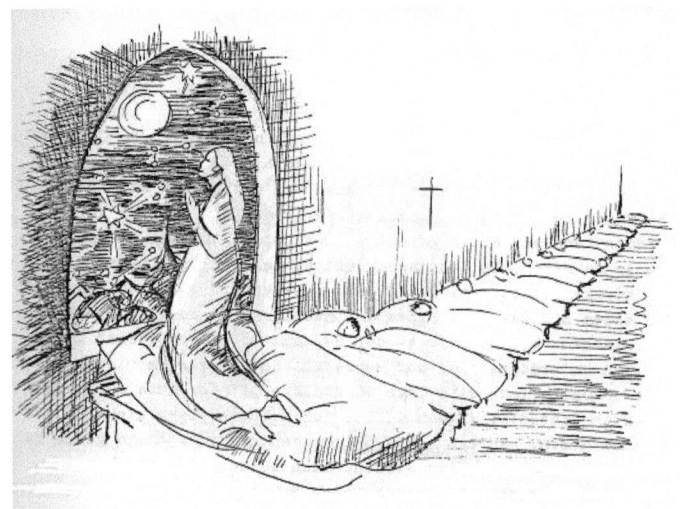

Alle 34 Kinder schliefen mit einer Lehrerin in einem Raum. Ich hatte mein Bett an einem Fenster, welches im Sommer offenstand. Da habe ich immer den schönsten Himmel gesehen, der war voll blinkender Sterne. Einmal, als alles so wundervoll aussah, betete ich zu Gott: «Ich muss dich lieben, weil du einen so schönen Himmel gemacht hast für uns Menschen. Du kannst mit mir machen was du willst, es ist mir alles recht, wenn ich nur in deiner Nähe sein darf.»

Als ich in die siebente Klasse ging, sah ich an einem Sonntagnachmittag die grossen Mädchen aufgeregt im Gespräch. Ich näherte mich ihnen mit der Frage: Was habt ihr?» Sie sagten: «Weisst du denn nichts davon? Der Hausvater geht immer mit uns in den Keller und missbraucht uns, wir wissen uns nicht zu helfen.» Ich versprach ihnen Hilfe. Ich schrieb an einen Verwandten von mir einen Brief.

(Anmerkung der Verfasserin: Was hatte Adelheid wohl in diesem Brief geschrieben, und warum tat sie das? War sie wohl auch betroffen und getraute sich nicht, es hier in diesem Bericht zu erwähnen? Dies dürfte wohl der Grund sein für die spätere Feme).

Auch schrieb ich, wir hätten zu wenig zu essen. Am Sonntagnachmittag machten wir immer einen Spaziergang zusammen. Bei dieser Gelegenheit warf ich den Brief in einen Briefkasten. Eines der Mädchen war nicht damit einverstanden. Sie meldete es der Hausmutter. Diese geriet in eine Wut und rächte sich auf schreckliche Weise an mir. Ich bekam viele Monate lang alle Tage 40 Schläge mit der Rute auf den nackten Hinterteil. Auch durfte ich vier Monate lang

nicht in die Schule gehen. Während der Schul-
stunden musste ich die ganze Zeit im ungeheiz-
ten Hausflur stehen. Auch wurde allen Mädchen
verboten, mit mir zu reden. Auch meine Schwestern hielten sich an das Verbot.

Eines Tages, als ich beim Brunnen im Hof Kartof-
feln wusch, kamen drei Männer auf das Haus zu.
Als sie bei mir ankamen, sagten sie: «Ja, das
sieht man, dass das Mädchen zu wenig zu essen
hat». Sie gingen in das Haus und kamen mit dem

Hausvater heraus und gingen mit ihm Richtung Stadt Bern. Den Hausvater habe ich nie mehr gesehen.

Haushaltslehrjahr in Familie

Als die neun Schuljahre zu Ende waren, kam ich für das Haushalt-Lehrjahr in eine Familie. Bei dieser Familie weilte das Jahr zuvor das Mädchen, welches mich bei der Hausmutter verklagt hatte wegen dem Brief. Die neue Frau war sehr böse mit mir. Immer musste ich hören: «Die Hausmutter der Anstalt hat mir gesagt, dass du ein böses Mädchen bist, das Berti, (so hiess die Vorgängerin, welche im Vorjahr hier arbeitete), das Berti war ein liebes Mädchen, nicht so wie du». Ich musste es wohl oder übel hinnehmen und sehen, wie ich mit dieser Verleumdung zurechtkam. Als das Jahr zu Ende war, bestand ich trotzdem das Examen mit gut.

Genf

Dann sollte ich ins Welschland und kam nach Genf als Zimmermädchen neben eine Köchin in eine grosse Familie. Die Köchin war so böse, dass ich nach sechs Monaten davonlief und nach Bern zum Vormund ging. Ich wollte einen Beruf erlernen, wo ich mit Kindern sein konnte und hatte nur diesen einen Wunsch; es dann besser zu machen als die Lehrerin in der Anstalt.

«Un Kilometre a pied, sa use, sa use, un Kilometre a pied, sa use les suliers. Deux Kilometre a pied, sa use, ... Trois Kilometre a pied, . . .

Zurück nach Bern, Kinderkrippe Haspelweg, Säuglingspflege

So kam ich in eine Kinderkrippe in Bern. Dort wollte man mich prüfen, ob ich mich für den gewünschten Beruf eigne. Nach einem Jahr durfte ich am Haspelweg in Bern ein Jahr lang Säuglingspflege lernen. Die Pflege der Kinder gefiel mir gut. Es waren noch weitere sechs Töchter, alle aus gutem Hause, mit mir. Wir hatten es schön zusammen, und ich fühlte mich wieder wohl in ihrer Gesellschaft. Aber ein Unterschied war da schon, denn sie mussten jeden Monat Fr. 120.- bezahlen. Ob die Vormundschaft auch etwas für mich bezahlt hat, habe ich nie vernommen. Zu dem Dienst gehörte auch, dass wir sechs Monate im Salem Spital die Wochenpflege erlernen mussten. So kam ich auch dorthin.

Spital Salem

Nach fünf Monaten passierte etwas Schreckliches. Im Bettchen eines Kindes hatte sich der Korkzapfen einer Steingut -Bettflasche gelöst, und das heisse Wasser ergoss sich ins Bettlein. Keine von den anderen Töchtern wollte schuld sein.

Man schob die Schuld auf mich, und sagte einfach, ich sei diejenige, welche die Wärmeflasche gemacht hätte. Das stimmte nicht, denn dieses Kind war nicht meiner Pflege anvertraut.

Es war absolut kein Grund, oder Beweis dazu da, mir die Schuld zuzuschreiben. Der Arzt schrie mich an: «Sie sind fristlos entlassen!» Ich bat um Gnadenfrist bis zum anderen Morgen, die wurde mir gewährt. Ich wendete mich dem Kind zu, welches einen feuerroten Rücken hatte, und salbte es ganz dick mit Borvaseline ein. Dann ging ich in die Toilette und betete zu Gott, er solle ein Wunder tun und machen, dass das kleine Kind wieder heil sei am andern Morgen.

Der Arzt kam dann am nächsten Morgen, um das Kind anzuschauen. Es war am ganzen Körper gleichfarbig, man sah gar nichts mehr. Ich hatte grosse Freude, denn es war wirklich ein Wunder geschehen. Aber der Arzt sagte zu mir: «Sie sind trotzdem entlassen, Sie müssen gehen». So ging ich zurück, und arbeitete ohne Lohn im **Kinderheim am Haspelweg.**

Basel, die Infektion

Eines Tages erschien eine Dame aus Basel und wollte eine Tochter haben für ihre zwei kleinen Kinder. Sie sagte, die Tochter, welche sie jetzt habe, sei lungenkrank und müsse fort zur Kur. Sie sagte aber nicht, dass diese Tochter von ihrem eineinhalb jährigen Kind angesteckt worden sei. So reiste ich sofort mit der Dame nach Basel.

Ich war jetzt zwanzig Jahre alt und bekam Fr. 60.- Lohn. Der dreijährige Knabe hatte sein eigenes Zimmer, und ich schlief mit dem damals 18 Monate alten Meiteli. Meine Arbeit bestand darin, am Tisch zu servieren und die Kinder zu hüten und zu pflegen. Ich musste alle Tage mit den Kindern zweimal spazieren gehen.

Die Kleine war viel im Bett und schlief sehr viel am Tag. Am Abend hatte sie immer 38,2 Temperatur. In der Nacht weinte oder schrie sie stundenlang. Wenn ich sie in mein Bett nahm, war sie ruhig. Ausser mir waren noch der Gärtner und die Köchin da. Die Köchin sagte immer zu mir: «Sie haben es viel zu schön». Sie gab mir nicht viel zu essen. Am Morgen und am Abend bekam ich nur Kaffee und Brot. Im Sommer kaufte mir die Dame ein Sommerkleid. Sie erschrak ganz, weil ich so mager geworden war, und schickte mich zum Arzt. Dieser sagte, ich müsse gut und viel essen, sonst werde es nicht mehr besser. Daraufhin bekam ich eine Büchse Ovomaltine. Als das Jahr um war, sagte der Herr Direktor zu mir: «Wir werden nach Frankreich versetzt und brauchen sie nicht mehr».

Zurück – Spital Bern

So ging ich wieder ins **Kinderheim** nach Bern und wartete auf eine neue Stelle. Aber es kam anders. Ich bekam erhöhte Temperatur und musste alles erbrechen. Das Kinderheim wollte mich nicht mehr behalten und ich musste fort. So wurde ich in einem Spital in Bern aufgenommen. Es wurde mir der Magen ausgespült und nichts gefunden. Die Blutsenkung war 56. Sonst wurde nichts mit mir gesprochen. Ich hatte von nun an immer erhöhte Temperatur und lag zwei Monate im Bett ohne zu wissen, was mir fehlte. Erbrechen musste ich nicht mehr.

Eines Tages sagte der Arzt zu mir: «Die Kranken-kasse in Basel will nicht mehr bezahlen. Die Dame, bei der sie angestellt waren, hat aber ge-schrieben: «Wenn die Tochter weiterhin krank ist, werden wir für sie bezahlen». Dann fragte er mich, ob die Dame nun bezahlen solle. Ich wusste nicht was ich sagen sollte. Der Arzt aber wusste sicher, was mir fehlte. Wollte er mich nicht mehr im Spital behalten, oder war ich nicht ernstlich krank? Oder wollte die Dame nicht mehr bezahlen? Aber ich war ja Bernerin und in einem Spital, wo die Ärzte mich sicher gesund machen konnten. So sagte ich: «Die Dame braucht nicht zu bezahlen». Darauf sagte der Arzt: «Sie sind entlassen und müssen noch heute das Spital verlassen. Ich musste gehen.

So ging ich wieder ins **Kinderheim am Haspel-weg.** Aber die Oberschwester sagte mir, für eine Lungenkranke habe sie keine Arbeit mehr, und sie könne mir auch keine Stelle vermitteln. So musste ich einfach die erstbeste mir angebo-tene Stelle annehmen, denn es war schon 16 Uhr, und ich hatte kein Zuhause, kein Bett für die Nacht und nicht viel Geld (der Vormund ver-langte von mir Fr. 240.- als Rückzahlung für die Auslagen im Kinderheim).

Ich habe gute und schlechte Stellen bekommen. Nach ein paar Jahren wurde ich so krank, dass ich nicht mehr arbeiten konnte. Ich hatte dicke, grosse Mandeln mit Eiterpfropfen und alle Tage 38,2 Temperatur. Was sollte ich nur machen? So ging ich **wieder in das Spital**, in welchem ich schon vorher war, und verlangte, dass man mir die Mandeln schneide. Aber der Arzt sagte, ohne mich zu untersuchen:

«Wir können die Mandeln nicht herausnehmen wegen ihren Lungen». Ich war also doch lungenkrank, aber man hatte mir dies damals nicht gesagt und auch das Geld von der Dame in Basel nicht angenommen. Ein anderer Arzt im Spital sagte mir: «Das müssen sie nun einfach haben; ich habe in einem Buch gelesen, dass es ganz normal sei Eiter Pfropfe auf den Mandeln zu haben». Ich war aber krank und konnte eine solche Antwort nicht annehmen. Ich schrieb einen Brief an den Direktor des Spitals, dass ich die Verantwortung auf mich nehme, aber so könne ich nicht weiterleben. Er schrieb mir zurück, dass man mir die Mandeln schneiden wolle. Es ging alles gut und nach neun Tagen wurde ich entlassen.

Dann stand Adelheid eine neue Zeit bevor.

Glion, Montreux

Zeit der Erholung.

Hoch über dem Genfersee erhebt sich das mehrstöckige Hotel in dem Adelheid vielleicht arbeiten durfte. Es ist umgeben von einem prächtigen Park mit einer Gartenanlage von Rundbeeten mit grünem Rasen umfasst von Kieswegen zum spazieren zwischen den wiederum angrenzenden Blumenbeeten Diese Grünanlage umfasst das ganze herrliche Gebäude mit seinen vielen Fenstern, die alles überblicken und die von der Sonne beschienen hervorleuchten. Tief unten breitet sich der blaue Genfersee aus. Dahinter, in der Ferne, sieht man den mächtigen Gebirgszug, unten noch blauviolett und darüber die weissen Gletscher.

Zurück zum Bericht:

Ich bekam eine Stelle nach Glion in ein Hotel zu einem drei jährigen Knaben. Dort blieb ich zwei Jahre, obschon ich nur Fr. 20.- Lohn bekam. Davon gingen Fr. 5.- für die Wäsche ab. Ich musste zum grössten Teil im Freien sein mit dem Knaben, welcher mich über alles liebte. Auch nähte und strickte ich ihm alle Kleider und Wäsche. Seine Eltern mussten ihm nur die Schuhe kaufen. Einmal bekam er einen roten Wintermantel mit Hut. Die Liebe des Knaben zu mir wurde durch nichts getrübt. Wir hatten es schön zusammen, machten lange Spaziergänge und fanden immer viel Blumen. Glion ist berühmt für seine Narzissen.

Die Besucher dieser zauberhaften Wiesen, voller Narzissen, lassen sich durch nichts aus ihren Träumen bringen. Unter ihnen tuckert eine kleine blaue Bergbahn den Hang hinauf. Darunter stehen die vielen Apfelbäume in der weissen

Blütenpracht des Frühlings und noch weiter darunter, ganz tief unten an der Küste, leuchtet die Sonne über den grossen Lac Leman. Da hüpft so manches Herz vor Freude, jedoch:

Nach zwei Jahren sagte die Dame: «Wir haben ein anderes Hotel gekauft und werden dorthin ziehen. Sie kommen mit als Zimmermädchen und pflegen und hüten auch den Knaben. Aber auch bei der zusätzlichen Arbeit hätte ich nur Fr. 20.-Lohn bekommen. Auch war mir der Dienst zu schwer.

Ps. Das Glück, kein Mensch kann es erjagen, es ist nicht dort, es ist nicht hier? Lern überwinden, lern entsagen, und ungeahnt erblüht es dir!

23

Ich sagte ab und musste wieder fort und hatte kein Geld. Ich hatte keine Zeitung und konnte, da ich nie frei hatte, keine andere Stelle suchen. Der Knabe war sehr unglücklich und hat geschrien, er wolle mich nicht missen. Seine Mutter sagte zu ihm: «Die Schwester hat dich nicht lieb, sonst würde sie nicht fortgehen». Er glaubte es nicht. Auch ich konnte es nicht glauben, für einen Lohn von 20 so viel mehr leisten zu müssen. Ich war 24 Jahre alt und hatte nichts.

Da ich nicht wusste, wohin ich gehen könnte, entschloss ich mich endlich, zur Hausmutter ins Mädchenheim nach Köniz zu gehen. Dort hatten sie ein Zimmer für solche Zwecke. Sie nahm mich auf und wollte mir eine Stelle suchen. Aber sie glaubte mir nicht, dass ich nichts Erspartes hatte. Schon am andern Tag hatte sie für mich eine Stelle. Sie schickte mich nach Liebefeld zu einem Heilsarmee-Ehepaar. Die Frau war krank und konnte den Haushalt nicht mehr selber besorgen.

Es kam mir gar nicht in den Sinn, dass die Hausmutter sich weiter an mir rächen würde. Später, (*als die Feme über mich kam*), hat es sich gezeigt, dass sie es doch tat.

Liebefeld, Heilsarmee

Das Ehepaar hatte einen Sohn in meinem Alter, der sagte zu mir: «Am Sonntag ist eine besondere Versammlung. Die Kadetten kommen, und es wird etwas aufgeführt. Das wird schön werden, kommen Sie doch auch».

Ich wurde neugierig und ging hin. Bei den Kadetten sass auch das Berti aus dem Mädchenheim. Nach einiger Zeit sagte sie mir, dass die Hausmutter für sie gesprochen habe, damit sie in die Kadettenschule aufgenommen würde. An diesem Abend gefiel es mir gut. Am Schluss kam der Major der Heilsarmee auf die Bühne. Er schilderte die Liebe Gottes so schön, dass ich in Tränen ausbrach.

s ich nicht aufhören konnte zu weinen. Der Major

Da war jemand, nämlich Jesus selbst, der mich liebte. Der Major sagte es so bestimmt und schaute mich an. Er sagte immer wieder: «Komm zu Jesus, er wird dich annehmen». Meine Freude über diese Botschaft war so gross, dass ich nicht aufhören konnte zu weinen.

Der Major ermunterte mich immer zu kommen. Es kostete mich viel Mut. Aber ich wusste: Wenn ich mich Jesus übergeben will, muss es jetzt sein. So bin ich entschlossen aufgestanden und an der Bussbank auf die Knie gesunken.

Gelübde

ermunterte mich immer zu kommen. Es kostete mich viel Mut

Ich betete vor der Heilsarmee-Kameradin, welche zu mir kam, um zu hören was ich sagte:

«Jesus, jetzt übergebe ich mich Dir und will nur noch für Dich leben. Sage mir, wie und wo ich Dir dienen kann». Die Heilsarmee-Kameradin sagte: «So bekehrt man sich nicht».

Aber ich ging froh und glücklich davon. Immer wenn es möglich war, ging ich in die Heilsarmee, denn ich wollte noch mehr wissen. Ich konnte nicht genug hören. Der Major nahm mich als Soldat auf und alles ging gut.

Die Frau, bei der ich den Haushalt machte, war nun wieder gesund, und ich bekam eine Stelle bei einem pensionierten Oberst der Heilsarmee neben einer Köchin. Eines Tages, als ich in die Soldatenversammlung kam, war eine merkwürdige Stimmung. Alle Soldaten sagten: « Wir kommen nicht mehr, wenn diese» - sie zeigten auf mich – noch weiterhin kommen darf». Ich wusste nicht warum und war unglücklich, dass ich nicht mehr Soldat sein durfte. Ich ging alle Tage auf die Knie und bat Jesus, er solle mir zeigen, wo und wie ich ihm dienen könnte. Ich glaubte doch, dass mein Weg in der Heilsarmee sei.

Nun wollte ich in die Kadettenschule und meldete mich an. So kam ich zu einer Oberstin, welche mir kurz und bündig sagte, dass nicht alle Menschen dazu fähig seien. Der Oberst sagte zudem, wenn ich das Krankenpflege-Examen und dazu Fr. 1000.- hätte, dann wäre es möglich gewesen. War das so: wer kein Geld und keine gute Berufsausbildung hat, darf Gott nicht dienen? Das war doch nicht im Sinne des Gründers der Heilsarmee.

Aber ich habe darauf zwei schöne Erlebnisse mit Jesus gehabt. Es war Mittag und Essenszeit. Ich öffnete die Küchentüre und sah auf dem Tisch zwei Teller mit Suppe, einen für die Köchin, den anderen für mich. Entsetz sah ich, wie die Köchin in meinen Teller spuckte.

Ich erhob meinen Kopf und betete zu Jesus und
fragte, ob ich nun diese Suppe essen müsse. Da
erschien mir Jesus wie er ist mit einem wunderbaren, heiligen, glänzenden Gesicht.

schien mir Jesus wie er ist mit einem wunderbaren,
  glänzenden Gesicht. Er strahlte wie Messing in der

Er strahlte wie Messing in der Sonne. Seinen Gesichtsausdruck kann ich nicht beschreiben, so voller Liebe und Geduld und tiefem Ernst. Er hatte nichts gesprochen, aber was er sagen wollte, habe ich sogleich verstanden: «Denk daran, was ich leiden musste». Ich sagte: «Wenn es der Köchin nützt, so will ich die Suppe essen – und ich habe sie gegessen.

Eines nachts als ich schlief, erwachte ich plötz

Eines nachts, als ich schlief, erwachte ich plötzlich, weil ich einen Druck auf meiner Kehle spürte. Ich öffnete die Augen und sah die Köchin an meinem Bett stehen. Sofort sprang ich aus dem Bett, aber die Köchin war schon in der Tür verschwunden. Ich fühlte eine Hand auf meiner Schulter. Es war niemand zu sehen, aber die Hand war da. Sogleich verstand ich, dass Jesus mir sagen wollte: «Ich bin da». Wenn ich hundert Jahre alt werden sollte, werde ich nie vergessen, dass Jesus zu mir steht.

Kantonsspital Aarau

Ich war jetzt 29 Jahre alt.

Nun überlegte ich mir, ob ich doch noch die Krankenpflege erlernen sollte. Der Gedanke dünkte mich gut. Durch ein Büro bekam ich eine Stelle als **Lernschwester** im Kantonsspital Aarau. Weil ich Kinderpflege gelernt hatte, verlangte man von mir nur noch zwei Jahre bis zum Bundesexamen als Krankenschwester. Damals, im Jahre 1938, hatte es noch keine

Schwesternschule im Kantonsspital Aarau, aber man wollte eine gründen.

Ich kam auf alle Abteilungen. Zuerst auf die Gynäkologie, dann ein Jahr lang Ablöse-dienst auf Medizin und Chirurgie. Vier Monate hatte ich Dienst im Operationssaal. Dort hatte ich mit anderen zusammen Tag- und Nachtdienst. Für die Mehrleistung gab es keine Extra-Bezahlung. Im ersten Lehrjahr bekam ich einen Monatslohn von Fr. 30.-, im zweiten Fr. 50.- Auf der Gynäkologie stellte der Chefarzt eine deutsche Krankenschwester ein. Sie sagte zu mir: «Sie kommen am Morgen um fünf Uhr, und ich komme um halb sechs Uhr». Der Dienst dauerte bis abends um neun Uhr ohne Mittagspause. Es gab kein Abteilungsmädchen. Alles musste ich allein besorgen. Nach einiger Zeit sagte die Schwester zu mir: «Am Morgen, wenn sie in die Patientenzimmer kommen, müssen sie die Hand aufheben und «Heil Hitler» sagen». Dagegen weigerte ich mich und sagte: «Nein, das werde ich nicht tun!»

Von den Ärzten wurde ich deswegen nur ausgelacht und blossgestellt. Auf der medizinischen Abteilung wurden die Patienten von den Ärzten immer gefragt: «Was ist das für ein Mann, von dem alle Welt spricht?» Es war Hitler gemeint. Die Ärzte erhielten von den Patienten nie eine Antwort. Ich hatte zweimal 40° Fieber. Das Verhältnis zu den Ärzten wurde immer gespannter, und man lachte mich immer aus.

Als die zwei Jahre meiner Ausbildung fast zu Ende waren, war ich einmal allein auf der medizinischen Abteilung: Da läutete das Telefon, und ein Arzt verlangte sofort eine gelähmte Patientin. Sie wog 54 Kg. Ich sagte: «Sobald eine von den Schwestern kommt – denn auf der gegenüberliegenden Abteilung ist auch niemand – werden wir die Patientin bringen». Aber er schrie: Sie müssen die Patientin sofort bringen!» Aber wie sollte ich das schaffen?

Schon läutete wieder das Telefon und der Arzt schrie wieder, ich müsse die Patientin sofort bringen. Was blieb mir anderes übrig, als es zu probieren.

lassen, aber ich konnte sie doch noch auf den Wagen legen. Gerade in diesem Augenblick kam der Arzt zur Türe herein und sah alles.

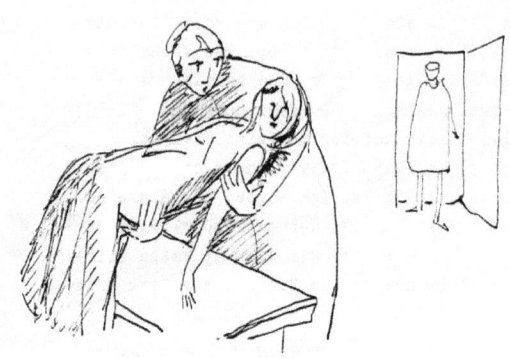

Ich nahm den Patientenwagen ganz nah ans Bett und hob die Frau auf meine Arme. Jetzt gab es einen Knacks in meinem Rücken. Beinahe hätte ich die Frau fallen lassen, aber ich konnte sie doch noch auf den Wagen legen. Gerade in diesem Augenblick kam der Arzt zur Türe herein und sah alles.

Am andern Tag musste ich ins Röntgen. Es waren alle Ärzte der medizinischen Abteilung versammelt. Es wurde mir befohlen, mich auszuziehen. Ich sollte durchleuchtet werden. Nun war es so weit. Ein Arzt fragte mich: «Wie lange mussten sie kuren?» Ich sagte: «Ich musste nie kuren». Er sprach weiter: «Was doch einige Leute durchmachen müssen. Ein Wirbel steht schief». Ein anderer Arzt fuhr ihn an: «Sei sofort still». Es wurde nicht mehr mit mir gesprochen.

Ich musste aufs Büro gehen. Dort wurde mir gesagt: « Sie müssen gehen. Aber wir meinen es gut und schreiben ins Zeugnis: Sie ging aus freiem Willen fort. Das macht sich besser, als wenn wir schreiben, sie seien fortgeschickt worden». Ich konnte das Examen nicht machen. Ich kannte nur einen Menschen der mir raten konnte, das war meine Cousine in Aarau. Zu dieser ging ich um Rat zu holen. Sie sagte: «Geh doch ins Diakonissenhaus und werde Diakonisse». Da ich immer noch zu Jesus betete, er solle mir zeigen, wie und wo ich ihm dienen könne, war das für mich wie ein Fingerzeig. Ich entschloss mich, es zu wagen.

Zurück nach Bern

Noch am gleichen Tag reiste ich nach Bern und bekam eine Stelle zu einer Grossmutter, welche die Treppe hinuntergefallen war und Rippen gebrochen hatte. Dort musste ich den Haushalt machen. Zum Essen kam noch die verheiratete Tochter. Diese hatte ein zwei Jahre altes Mädchen, das ich während des Tages beaufsichtigen musste. Ich bekam Fr. 40.- Lohn im Monat und alles ging gut. Nach einigen Monaten war die Grossmutter wieder gesund und konnte den Haushalt wieder selber besorgen. Nun musste ich zu der verheirateten Tochter gehen und dort den Haushalt machen und das Kind pflegen. Auch dort ging wieder alles gut.

Das Diakonissenhaus

Aber meinen Wunsch, Diakonisse zu werden, hatte ich nicht aufgegeben. Ich schrieb einen Brief ans Diakonissenhaus, dass ich mit Leib und Seele Diakonisse werden möchte und wann ich eintreten könnte. Von dort kam sofort Antwort. Sie schrieben mir: «Wir spüren, dass es der Herr ist, der sie ruft. Sie müssen schon im September kommen, weil im Oktober die Schwesternschule anfängt und sie im Dezember ja schon dreissig

Jahre alt werden». Zu Gott sagte ich « Ich will Dir nun treu und für immer als Diakonisse im Diakonissenhaus dienen». Ich war überzeugt, dass es gut war so; nichts – dachte ich – werde mich davon abhalten können.

Man sandte mir etliche Papiere zum ausfüllen, meine Zeugnisse hatte ich schon geschickt. Vom Diakonissenhaus aus musste ich eine grosse Aussteuer einkaufen, darunter auch zwei Paar neue Schuhe mit Gummisohlen. So viele Sachen wurden verlangt, dass mir kein Geld mehr übrigblieb. Auf einem Zettel hiess es noch, dass für die Einkleidung als Schwester, welche nach einem Jahr sein werde, noch extra Fr. 240.- zu bezahlen sei. Dieses Geld bekam ich von der Frau, bei der ich arbeitete geschenkt.

Auch schickte man mir einen grossen Bogen für den Arzt zum ausfüllen und gewissenhafter Beantwortung. Ich ging zu einem Arzt und gab ihm das Formular zum Ausfüllen. Der Arzt sagte: «Wenn man umsonst Gott dienen will, hat niemand das Recht für ein solches Arztzeugnis. Das ist schlimmer als für eine Lebensversicherung!» Er untersuchte mich und füllte den Bogen aus.

Vom Diakonissenhaus erhielt ich Bericht, dass ich am 22. September 1940 eintreten könne. So reiste ich mit meiner grossen Aussteuer und den Fr. 240.- für die Einkleidung und Fr. 100.- für das erste Jahr, in welchem ich keinen Lohn bekam, ins Diakonissenhaus.

Ich war voller Erwartungen, es konnte alles nur gut gehen, denn es erwarteten mich ja ca. zweihundert Schwestern, welche nichts anderes wollten als Gott umsonst dienen. Das musste ein herrliches Leben sein.

Als ich im Diakonissenhaus ankam, gab es auch schon die erste Enttäuschung, es war nämlich niemand da um mich abzuholen. So musste ich selber den Weg suchen. Bei meiner Ankunft ging ich sofort ins Büro. Dort wussten die Schwestern nichts von mir. So verlangte ich die Oberschwester und wurde zu ihr geführt. Sie begrüsste mich und sagte:

«Hier sagen alle einander Du, so sage ich zu dir auch du. Hörst du, du musst mir aufs Wort gehorchen!» Ich bin fast zu Tode erschrocken, denn sie sprach genau so wie die deutsche Schwester in Aarau, welche von mir verlangte, dass ich «Heil Hitler» sagen solle. Auch wollte ich nicht ihr aufs Wort gehorchen, sondern nur Gott allein. Sie sagte:

«Du musst keine Angst haben, weil ich eine Deutsche bin. Hörst du, nur der Tod kann uns trennen».

Nach dem Mittagessen zeigte mir die Hausschwester mein Bett in einem Raum von zwölf Betten. Alle hatten einen weissen Vorhang, der am Abend rings ums Bett gezogen werden konnte. Mein Bett befand sich neben der Türe. Die Schwester zeigte mir auch meinen Schrank und mein Schränklein, wo ich meine Aussteuer versorgen konnte. Wir gingen um neun Uhr zu Bett und standen sehr früh auf.

Nach dem Morgenessen und der Andacht wurde mir mein Arbeitsplatz gezeigt. Er war im obersten Stockwerk des Hauses. Ich musste alle Tage dreizehn Gäste-Zimmer besorgen und dazwischen noch in die Schwesternschule gehen. Diese dauerte drei Monate und schloss mit einem Examen ab.

Schwesternschule

Die Schwesternschule wurde von einer deutschen Schwester geleitet, welche mir kein gutes Wort gönnte. Die Hausschwester arbeitete ebenfalls mit einer deutschen Schwester zusammen. Die beiden waren äusserst streng und lieblos zu mir. Ich konnte nie herausfinden warum. Sonst sprach niemand mit mir. Die anderen Schwestern kannte ich nur dem Namen nach. Alle Monate einmal mussten wir auf die Waage. Ich hatte regelmässig 1 Kg weniger. Nach einem Jahr hatte ich 13 Kg abgenommen. Da sagte die Oberschwester:

«Die macht innerlich nicht mit». Nach einem Jahr wurde ich eingekleidet, das heisst, ich bekam die Diakonissen-Tracht. Fünf Röcke, von denen nur einer neu war. Dann ging ich zur Oberschwester mit den Fr. 240.-. Sie sagte: «Es kostet nichts mehr, aber weil du es hast, so nehme ich es». Sie liess das Geld in ihrer Rocktasche verschwinden.

Das war nicht recht, denn nun hatte ich nichts mehr. Nun bekam ich im Monat ganze Fr. 5.- für alles, was ich zu leisten hatte. Mit den Fr. 5.- musste ich alle Auslagen die es gab bezahlen. Wir mussten ein Kassenbüchlein führen und jeden Rappen genau notieren. Das Büchlein musste im Büro zur Kontrolle abgegeben werden.

Frauenklinik Zürich

Nun kam ich auf eine **Aussenstation**, und zwar in die Frauen-Klinik nach Zürich. Sie wurde von den Schwestern meines **Mutterhauses** geleitet. Aber ich hatte Pech, die Oberschwester mochte mich nicht leiden. Aber einmal hat Jesus Antwort gegeben auf mein Gebet. Das kam so: Die Schwestern hatten am Zürichberg ein Gärtlein mit einem kleinen Häuschen. Dort konnten sie Frei-Tage zubringen. Es hatte Liegestühle und im Häuschen einen Gasherd. Im Garten gab es viele Zwiebeln. Als diese nun reif zur Ernte waren, schickte die Oberschwester vier Schwestern, darunter auch mich, um die Zwiebeln zu holen. Ich sagte zu den anderen Schwestern:

«Wir nehmen Brot mit, dann dämpfen wir eine ganze Pfanne voll Zwiebeln. Das ist etwas sehr Gutes». Als wir im Garten ankamen, machten wir uns an die Arbeit und legten alle Zwiebeln zurecht zum heimtragen. Dann rüsteten wir die Röstipfanne voll Zwiebeln. Jetzt wollten wir das Gas anzünden und freuten uns sehr. Aber o weh! Auf dem Tablar, auf dem sonst immer Zündhölzli waren, fanden wir keine. Wir stiegen alle vier auf den Tisch um das Tablar besser zu sehen, aber es war keine Zündholzschachtel da. Jetzt fing eine Schwester an zu spotten und sagte zu mir: «Du hast doch einmal gesagt: Jesus gibt mir alles was ich mir wünsche. Also so sag ihm jetzt, er solle uns Zündhölzli geben!»

Also betete ich zu Jesus, er möge uns diese geben. Dann stieg ich noch einmal auf den Tisch. Da lag ganz zuvorderst eine neue Schachtel Zündhölzli auf dem Tablar. Wir haben alle vier laut geschrien vor Freude.

Später kam ich mit drei anderen Schwestern auf die Nachtwache. Um Mitternacht assen wir gemeinsam. Um diese Zeit kam ich einmal in die Küche. Die anderen Schwestern waren schon am Tisch. An meinem Platz stand ein Teller voll Selleriesalat. Die Schwestern sagten: «Das musst du alles essen». Ich kostete den Salat, aber er brannte mich auf der Zunge und an den

Lippen, denn er war roh, daher wollte ich ihn
nicht essen. «Aber das musst du alles essen!»
schrien alle. So ass ich weiter, und es brannte
mich immer mehr.

Die Schwestern lachten alle, denn ich wurde
ganz aufgeschwollen. Die Nase wurde immer
grösser und das ganze Gesicht war arg ge-
schwollen, so dass ich nicht mehr hinuntersehen
konnte. Ich musste alle Kleider öffnen, denn es
engte mich alles ein. Es wurde immer ärger. Da
sagten die Schwestern: «Wir müssen die Stati-
onsschwester rufen». Diese kam, schaute mich

an und ging mit mir ins Untersuchungszimmer. Sie machte mir eine intravenöse Spritze.

Während der Spritze fiel ich ohnmächtig vom Stuhl. Am Morgen erwachte ich, weil mein Herz heftig schlug. Ich lag auf einer Matratze ohne Leintuch und ohne Decke. Vor meinem Gesicht baumelte eine Glocke und ich läutete. Es kam eine junge Schwester, öffnete die Tür ein wenig und rief: «Sie lebt!» (Rohe Sellerie kann eine tödliche Vergiftung nach sich ziehen) Eine andere Schwester befahl mir, aufzustehen.

Ich musste zur Oberschwester vom Diakonissenhaus gehen, welche auch da war. Sie schaute mich nur an, dann sagte sie in strengem Ton: «Was machst du für Sachen!» Damit war alles erledigt. Am Abend musste ich wieder auf die Nachtwache.

Bührle & Co

Ich war nun zwei Jahre in der Frauenklinik. Nun kam ich mit einer Schwester zusammen auf den Samariterposten der Maschinenfabrik Bührle & Co. Nach Zürich-Örlikon. Die Schwester hatte gewünscht, mit mir zusammen zu arbeiten. Jede von uns hatte einen Samariterposten. Wir hatten zusammen eine Wohnung und kochten selber. Wir hatten es schön zusammen, und wir gingen oft am Wochenende ins Diakonissenhaus. Alles ging gut während zwei Jahren. Dann hatte ich immer häufiger erhöhte Temperatur, war stets erkältet und brauchte am Tag 15 – 20 Taschentücher.

So wurde ich zum Nasenarzt geschickt, der mit einem Medikament die Nase pinselte. Es wurde aber nicht besser. Jetzt wollte Herr Bührle nur noch einen Samariterposten. Er wollte mich. Aber das Diakonissenhaus wollte die andere Schwester dort lassen. Da sagte Herr Bührle: «Wenn wir nicht die Schwester bekommen die wir wollen, dann wollen wir keine mehr». Ich bekam auf dem Samariterposten immer die Zeitung zu lesen. Da las ich von Hitler und den Konzentrationslagern. Weil ich mich empörte, sagte ich zu der anderen Schwester: «Der Hitler ist schlecht». Am Sonntag im Diakonissenhaus musste ich zu der Oberschwester. Sie fragte mich: «Hast du wirklich gesagt, der Hitler sei schlecht?» Ich antwortete: «Ja, das habe ich gesagt». Sie machte ein böses Gesicht und sagte: «So, das will ich mir merken».

Ich kam ins Diakonissenhaus als Putzschwester. Die Rückenschmerzen, welche ich schon seit Jahren hatte, wurden immer ärger, so dass ich es nicht mehr aushalten konnte. Nun musste ich es melden und wurde zum Hausarzt geschickt. Er untersuchte mich und machte ein Röntgenbild, dann schickte er mich ins Bett. Ich schlief wieder im Sal mit den zwölf Betten.

Man brachte mir ein Thermometer, aber nie hat eine Schwester gefragt, wieviel ich gemessen hatte. Dabei hatte ich jeden Tag 38.5° – 38.7°. Das Essen wurde ohne ein Wort zu sagen neben mein Bett auf einen Stuhl gestellt. Ich lag drei Monate im Bett, ohne dass jemand ein Wort zu mir sagte. Das Schweigen wurde nur einmal gebrochen. Eines Tages kam die Hausschwester zu mir mit der Botschaft, dass die Oberschwester mein Röntgenbild nach Leysin geschickt habe.

Der Spezialarzt habe zurückgeschrieben, es sei eine Tuberkulose um die Wirbel herum. Ich müsse zur Kur kommen.

Austritt aus dem Diakonissenhaus

Aber die Oberschwester entschied anders. Sie liess mich zu sich rufen und sagte zu mir: «Hörst du, du bist seelisch krank, du musst austreten. Wenn man krank wird, ist das ein Zeichen, dass Gott einen nicht mehr will». Ich dachte: was hat die für ein Recht zu sagen, dass Gott mich nicht mehr wolle. Ich habe nichts gemacht, habe Gott nie abgesagt. Das hat mich sehr betrübt, und ich ging zum Pfarrer des Diakonissenhauses, um meinen Kummer loszuwerden. Dieser sagte:

«Machen sie sofort, dass sie hinauskommen. Ich habe noch nie einen so trostlosen Menschen gesehen. Wenn die Leute sehen, dass sie in einem solchen Zustand aus meinem Büro kommen, werden sie sagen, ich sei schuld». War da etwas mit seinem Gewissen? In den sechs Jahren, da ich im Dienst des Diakonissenhauses war, hat es 25 Austritte gegeben. Ich schwieg.

Dann wurde ich wieder zur Oberschwester gerufen. Sie sagte: «Ich habe jetzt sechs Jahre lang

Geduld mit Dir gehabt». Sie schickte mich nach Bern zu der Frau, bei der ich vor dem Eintritt ins Diakonissenhaus gewesen war. Dazu bekam ich das Fahrgeld, sonst hatte ich gar kein Geld. Da ich keine anderen Kleider mehr hatte, ging ich in der Diakonissentracht und habe dabei nichts Böses gedacht.

Bei Frau in Bern

Die Frau in Bern hat kein Wort mit mir gesprochen ausser dem einen:

«Die Oberschwester hat gesagt, sie brauchen nicht mehr zurück zu kommen». Die Frau glaubte, nun wieder eine billige Kraft zu haben. Sie hatte zwei kleine Mädchen, welche ich neben dem Haushalt noch hütete und pflegte. Die Grossmutter wohnte auch in der Nähe. Nach drei Wochen verreiste die Frau am Morgen früh, ohne mir etwas zu sagen. Um zehn Uhr schaute ich in den Garten hinaus und sah, wie eine Diakonisse mit einem grossen Koffer in der Hand auf das Haus zukam.

Ich ahnte nichts Gutes, rannte zur hinteren Tür hinaus und floh in die Stadt zu meiner Tante. Es ging nicht lange, so kam auch die Diakonisse mit dem grossen Koffer. Sie sagte: «Du gehörst nicht mehr ins Diakonissenhaus, du musst mir die Schwesterntracht zurückgeben». Meine **Tante** fragte sie: «Ist sie krank oder hat sie etwas Unrechtes gemacht?» Die Schwester sagte: «Es gibt Sachen, die man nicht sagen kann. Wenn sie zum Arzt geht, dann wollen <u>wir</u> den Arzt bestimmen, aber sie ist gesund». Ich musste die Tracht ausziehen und ihr geben. Nun stand ich im Unterrock da und hatte keine Kleider zum

Anziehen. Meine Tante verlangte Geld, aber die Schwester sagte: «Wir geben keines ». Doch meine Tante beharrte darauf. Die Schwester sagt: «Ich will ins Diakonissenhaus telefonieren». Sie kam zurück mit Fr. 1000.-. Sie sagte: «Mehr geben wir nicht». Meine Tante kaufte mir ein Kostüm.

R otes Kreuz, Herisau

Darauf ging ich zum roten Kreuz, weil ich nun das Krankenpflege-Examen machen wollte. Dort sagte man zu mir: «Sie müssen noch sechs Monate nach Herisau ins Krankenhaus als Schülerin, dann können sie im Frühling in Zürich das Examen machen».

So kaufte ich mir weisse Schürzen und reiste nach Herisau zu den Diakonissen eines anderen Werkes.

Dort musste ich unglaublich viel arbeiten. Ich lag jede freie Minute im Bett. Gelernt habe ich viel und bekam auch Stunden von den Ärzten. Jeweils nach dem Mittagessen hat mir immer die gleiche Schwester mit der Hand, (oder einem Hämmerchen?), auf die schmerzende Stelle auf den Rücken geschlagen. Ich durfte keine Miene verziehen, denn ich wollte unbedingt das

Examen machen. Manchmal habe ich es fast nicht aushalten können. Als die sechs Monate vorbei waren, wollte die Oberschwester mich behalten und nicht nach Zürich gehen lassen, aber ich wollte nicht.

(Die Appenzeller in Herisau feiern Fasnacht. Es ist und war ein fröhliches Völkchen. Darunter waren natürlich auch Schwestern mit dem Percussions-Hämmerchen.

Geheimtipp: sie necken gern.)

Pflegerinnenschule Zürich

So reiste ich nach Zürich. Ich fand ein Zimmer und bekam in der Pflegerinnenschule einen vier-wöchigen Kurs, der mit dem Bundesexamen abschloss. In jedem Fach hatte ich die Note 6. Das rote Kreuz verlangte, dass ich in die Krankenkasse Helvetia eintrete. Die Ärztin, welche den Kurs leitete, untersuchte mich und machte auch ein Röntgenbild. Mit einer grossen Ampulle und einer dicken Nadel hat sie mir eine grüngelbe Flüssigkeit aus dem Rücken an der schmerzenden Stelle gezogen. Sie sagte kein Wort zu mir. Die Krankenkasse nahm mich auf. Aber der Schwesternverband hat mich nicht aufgenommen.

Spital Olten

Im Roten Kreuz sagten sie: «Wir müssen nur die Schwestern aufnehmen, die wir wollen. Sie können nach Olten ins Spital zum arbeiten». Aber in Olten waren zur Hälfte Diakonissen meines früheren Mutterhauses und zur Hälfte freie Schwestern. Ich war bei den freien Schwestern. Aber die Diakonissen kämpften gegen mich. Eines Tages fand ich im Papierkorb auf der Toilette einen Brief der deutschen Oberschwester des Diakonissenhauses. Sie schrieb an die Oberschwester von Olten: «Was Schwester Adelheid betrifft, soll man immer weiterfahren, nie aufhören, hörst du, nie, nie, nie!».

Eines Tages wurde ich zur Oberschwester der freien Schwestern gerufen. Als ich zur Türe eintrat, stand ich der Oberschwester vom früheren ---Diakonissenhaus gegenüber. Ich erschrak, es

war die Schwester, welche mir in der Frauenklinik in der Nacht die Spritze gemacht hatte. Die
Oberschwester der freien Schwestern fragte
nun die andere: «Kennen sie diese da?» Sie
sagte: «Neume schier kenne ich die!» Die Oberschwester fragte mich nun: «Und was sagen sie
dazu?» Ich war so erschrocken, dass ich kein
Wort hervorbrachte. Dann sagte sie:

Entlassung

«Sie sind entlassen, sie müssen gehen». Aber ich
musste noch zwei Monate bleiben bis die Kün-
digungsfrist abgelaufen war. So musste ich noch
ins Absonderungshaus zu den ansteckenden
Krankheiten. Zum Glück habe ich mich dort
nicht angesteckt und keine Krankheit bekommen. Ich habe noch in einigen Spitälern gearbeitet. Überall wurde ich durchleuchtet und dann
fortgeschickt.

Spital Neumünster

Im Frühling 1947 kam ich ins Spital Neumünster. Sie hatten ein Inserat gemacht, und auf meine Anmeldung hin haben sie mich angestellt. Ich musste Frühdienst und Spätdienst zugleich machen. Einige Wochen habe ich dort gearbeitet. Da hatte das frühere Diakonissenhaus Jahresfest. Ich sah es für meine Pflicht an hinzu gehen. Deshalb verlangte ich frei für diesen Sonntag. Die Oberschwester war mir nicht gut gesinnt. Sie sagte: «Wenn sie gehen, müssen wir ihnen kündigen». Darauf sagte ich: «Ich nehme die Kündigung an». Und ging.

Nun kam es etwas dick:

Am Sonntag im Diakonissenhaus habe ich mich unter die Leute gesetzt. Als die Zeugnisse der Schwestern fertig waren, bin ich auch nach vorn gegangen. Vor allen Leuten sagte ich: «Während sechs Jahren war ich auch hier als Schwester. Dann hat man mich fortgeschickt, weil ich krank war. Aber ich muss sagen, seitdem ich nicht mehr im Diakonissenhaus bin, geht es mir innerlich viel besser». Eine Diakonisse sagte: «Jetzt wird sie versorgt». Es geschah aber nichts.

Ps. Das war nun wirklich sehr gefährlich! War das zu viel, da geht sie und sagt so etwas, nach all den Schmerzen die sie ausgestanden und überwunden hatte, kann man da noch folgen?)

Spital Männedorf

Retourkutsche:

So kam ich ins Spital nach Männedorf. Nach ein paar Wochen hiess es: »Die Diakonissen kommen, sie haben verlangt, dass man Ihnen kündige!«

Sumiswald

So musste ich wieder einmal gehen und kam ins Spital nach Sumiswald. Dort waren auch

Diakonissen. Vier Monate ging alles gut. Dann musste ich ein schweres Eisenbett vom Keller hinauftragen helfen. Da gab es im Rücken innerlich einen Riss, welcher starke Schmerzen auslöste. Sofort musste ich aufhören zu arbeiten. Ein junger Arzt fragte mich: «Was haben sie im Rücken? Ich habe ein dickes Buch gelesen. Es waren alles Fälle mit Rückenleiden, von denen man gesagt hat, es fehle den Patienten nichts. Aber alle haben etwas gehabt». Weil er nicht sagte, dass er mir helfen wolle, hatte ich keine Hoffnung und schwieg. Die Schmerzen waren aber so gross, dass ich sofort kündigen musste.

Erholungsheim Oberdiesbach

Dann ging ich nach Oberdiesbach in ein Erholungsheim. Dies alles hat mich nicht zweifeln lassen an Gottes Liebe. Mein Verhältnis zu Gott war ungetrübt. Das alles hatten mir ja die Menschen angetan. Ich wollte Gott nie untreu werden. Nachdem ich sechs Wochen im Erholungsheim war, hatte ich so grosse Schmerzen, dass ich nicht mehr aufrecht gehen konnte.

Da kam ein neuer Gast, ein Herr, welcher am gleichen Esstisch war. Er fragte mich: «Warum gehen sie so schief, was fehlt ihnen?» Ich sagte ihm: «Ich habe heftige Rückenschmerzen und kein Arzt will mir helfen». Er sagte: «Ich kenne einen Arzt, der wird ihnen helfen. Er wohnt in Biel, gehen sie zu ihm». Zu diesem Arzt ging ich. Nachdem er mich untersucht hatte, sagte er: «Sie müssen in ein grosses Spital, es gibt nichts mehr anderes. Das Spital muss dazu stehen, dass sie wirklich krank sind». Dann sagte er noch: «Ich will das schon deichseln».

Spital Bern

So fasste ich wieder Mut und ging in das Spital in Bern und wurde wieder aufgenommen. Dort war ich zwei Monate in einer Aussenstation. An der Wand stand geschrieben, es sei immer wieder vorgekommen, dass Kranke abgewiesen wurden. Um Freibetten zu schaffen, habe diese Stifterin ihr ganzes Vermögen hergegeben. Es wurde mir ein Bett zugewiesen. Die Schwester sagte: «Eine Schwester muss ihr Bett selber machen». Es hat mir nie jemand das Bett gemacht.

Am anderen Morgen sagten die Ärzte: »Sie sind von einem Arzt eingewiesen worden, der nichts von Ihnen wissen will. Man kann hin telefonieren wo man will, immer heisst es: «Machen sie, dass die zum Teufel kommt. Wir sind auch nicht schuld, dass sie Unannehmlichkeiten mit der Krankenkasse haben. Sie will nicht zahlen». Es war mir nicht bewusst, dass mit der Krankenkasse etwas nicht in Ordnung war. Seit meinem Eintritt vor fünf Jahren hatte ich die Prämien jeden Monat pünktlich bezahlt und bis jetzt nie etwas bezogen.

Reise nach Zürich

Später reiste ich nach Zürich, um mit dem Arzt der Helvetia-Krankenkasse zu sprechen. Dieser Arzt sagte zu mir: »Ihnen fehlt nichts im Rücken, aber sie müssen austreten». Später wurde mir noch das Krankenkassenbüchlein gestohlen, und so konnte ich auch nicht mehr die Prämien bezahlen.

Im Spital Bern wurde mir drei Tage hintereinander mit dem Perkussionshammer der ganze Rücken abgeklopft. Um die Schmerzen haben sie sich nicht gekümmert. Ich hatte alle Tage 38 – 38.5° Fieber, aber die Schwester notierte nur 37.2°. Als ich mich beim Arzt darüber beklagte sagte er: «Die Schwester hat recht». Es wurde ein Tomogramm gemacht und mir zur Ansicht aufs Bett geworfen. Da sah ich, dass ich zwei Eiterherde hatte. Die Ärzte liessen den Oberarzt von der Chirurgie kommen. Unten an meinem Bett haben sie diskutiert. Der Oberarzt sagte: «Sie können es schon wagen, schicken Sie sie fort, im Rücken kann man viel ertragen. <u>Die stirbt dann schon»</u>.

Er ist Arzt geworden um herauszufinden, wieviel Schmerzen man im Rücken ertragen kann. Ich bekam dann Pillen. Dann wurde ich zum spazieren geschickt. Als ich zurückkam, war mein Bett besetzt. Ich war entlassen. Der Arzt sagte mit erhobenem Finger: «Wenn sie es noch einmal wagen, wegen dem Rücken etwas zu sagen, so kommen sie für immer nach **Münsingen**». Ich bekam eine böse Ahnung, was für Patienten in Münsingen sind.

Arzt in Biel

Es war schon 15 Uhr, und ich hatte keinen Ort wo ich hingehen konnte. Da telefonierte ich mit dem Arzt in Biel. Er sagte: «Ich habe ein Krankenzimmer, sie können kommen». Als ich ankam, wurde ich als Hausangestellte angestellt. Er wollte wissen, wieviel ich ertragen konnte. Ich musste den Hof vor dem Haus kehren. Er sah zum Fenster hinaus um zu sehen, wie es ging. Vor lauter Schmerzen konnte ich fast nicht arbeiten. Aber ich war froh, am Abend ein Bett zu haben. Ich wusste, Gott gab mir die überirdische Kraft, alles auszuhalten. Wenn er einen Menschen gehabt hätte, der willig war mir zu helfen, dann hätte er es sicher getan. Aber es war niemand dergleichen da.

Der Arzt hatte einen sehr schönen Garten mit schönen Blumen. Die Grenze bildete ein Bach. Wir assen oft im Garten. Er hatte auch eine neunjährige Tochter. Als ich einmal in den Garten kam, war er mit drei Diakonissen in eifrigem Gespräch, es war sicher nichts Gutes. Eines Tages sagte er: «Sie können mit mir kommen, ich mache einen Besuch». Wir kamen zu einer Frau, die er mir vorstellte. Zu mir sagte er, diese Frau sei das Tagblatt von Biel. Ich verstand nicht, was er damit sagen wollte, aber ich sollte es später erfahren, was dieser merkwürdige Besuch zu bedeuten hatte. Es war eine Frau, welche alles, was man ihr sagte, weitererzählte und Gerüchte verbreitete. (Sollte sie vielleicht als rechtmässige Versuchs-Patientin des Arztes angesehen werden?)

Der Arzt hatte ein schönes Haus, und ich hatte auch ein gutes Zimmer. Neben mir war die Sprechstunden-Schwester. Sie war viel allein im Sprechzimmer. (Seltsam)

Ich war früher schon einmal in Biel und hatte dort im Spital gearbeitet. Damals hatte ich auch einen Polizisten gepflegt. Dieser hat zu mir gesagt: «Gehen sie in die Uhrenindustrie arbeiten. Dort können sie den Rücken schonen und verdienen gut». Das wollte ich nun machen. Ich fragte unsere Putzfrau, in welche Fabrik ich am besten gehen solle. Sie nannte mir eine die gut sei. Als ich dem Arzt nach vier Monaten kündigte, wurde er böse und sagte: »Das gibt es nicht, dass sie in der gleichen Stadt arbeiten wo ich bin. Ich dulde das nicht. Sie müssen fort».

Uhrenfabrik

Aber ich ging doch in die Uhrenfabrik und wurde angestellt. Ich ging zum Direktor und sagte ihm, dass ich Rückenschmerzen hätte, aber ich werde mir sehr Mühe geben. Es gab verschiedene Arbeiten, immer wieder eine andere. Es war jedoch niemand gut zu mir. Wenn ich eine Arbeit fertig hatte, musste ich zwanzig Minuten warten bis ich sie zur Kontrolle geben konnte, genau so lange, wie ich an der Arbeit hatte. So bin ich nicht auf die Arbeitszeit gekommen, die ich hätte leisten sollen.

Nun kam ich an eine Maschine in Akkordarbeit. Am Anfang war ich noch im Stundenlohn: Fr. 1.80. Ich arbeitete gut und hätte es zu etwas gebracht, wenn der Chef nicht gewesen wäre. Er brachte mir alle Tage eine andere Maschine, nämlich alle alten vom Keller, mit denen nicht zu arbeiten war. Auch hatte ich den ganzen Tag heftige Kopfschmerzen. Neben mir waren drei ganz junge Mädchen, die mich nicht leiden mochten. Eine von ihnen hat alle Tage während der Arbeitszeit geschlafen. Sie sagten, ich sei ein Schwein, eine Mohre. «Sie ist verrückt. Es ist die

Verrücktheit die stinkt. Immer sagt sie, sie habe Rückenschmerzen, aber es hat noch kein Arzt etwas herausgefunden». So ging das alle Tage. Ich war sehr unglücklich, denn ich wusch mich alle Tage und war sehr sauber angezogen. Deshalb konnte ich mir nicht erklären, warum ich stinken sollte. Es ging nicht lange, so roch ich es auch.

Aus meiner Nase kam ein widerlicher Leichengeruch. Das konnte nicht anders sein, es musste von den zwei Eiterherden im Rücken stammen. Aber im Spital in Bern hatten sie mir ja gedroht, wenn ich noch einmal wegen meinem Rücken komme, so werde ich für immer nach Münsingen versenkt. Was sollte ich nun machen? Auf alle Fälle durfte ich nichts sagen. Der Arzt musste es selber herausfinden. Ich war denn doch sehr krank und musste streng arbeiten.

Tag und Nacht hatte ich Kopfweh und sehr starke Rückenschmerzen. So ging ich dennoch zum Arzt für innere Krankheiten. Der Arzt kam ins Wartezimmer. Er sagte: «Sie haben mir das ganze Wartzimmer verstunken. Sie müssen zum Nasenarzt». Voller Erwartung ging ich zu einem solchen. Aber dieser hat in der Nase nichts gefunden. Jetzt hatte ich immer eitrigen Urin. Eine Probe davon brachte ich dem Nasenarzt, aber er wollte ihn nicht untersuchen. Es kam ihm nicht in den Sinn, dass der Gestank aus der Nase eine andere Ursache haben könnte. Ich bin zu allen vier Nasenärzten in Biel gegangen, aber ohne Erfolg. Allen habe ich auch den Urin gebracht, aber keiner hat ihn untersucht. Die Uhrenfabrik wollte mich nicht mehr behalten, so ging ich in eine andere. Dort wollte niemand neben mir sitzen.

Doch ich bekam jetzt eine schöne Wohnung, ein sonniges, schönes Zimmer mit einer Küche. Die Wohnung gehörte einer Kindergärtnerin, welche nicht in Biel arbeitete und nur das zweite Zimmer für sich behielt. Wenn ich nicht in der Fabrik arbeitete, lag ich im Bett. Ich konnte mir sonst nichts leisten. So ging es zwei Jahre. Aber die Fabrik musste ich viermal wechseln. Als ich eines Tages in die Fabrik kam, hörte ich den Chef sagen: «Sie haben gesagt, wir sollen sie nur tüchtig anblasen». So wurde ich mit einem Ventilator ganz stark angeblasen, sodass ich es nicht mehr aushalten konnte.

So wollte ich es noch in der «Omega» probieren. Dort waren die Arbeiterinnen so böse, dass ich den ganzen Tag weinte. Auch hier konnte ich nicht bleiben. Dann sprach ich mit dem Besitzer einer Zifferblatt-Fabrik. Auch dort wies man mich ab.

Eines Tages kam ein Polizist und sagte: «Folgen sie mir». Auf der Strasse liess er mich stehen. Nun hatte ich keine Arbeit mehr und ging aufs Arbeitsamt und die soziale Fürsorge. Man sagte: «Für eine, die so stinkt, haben wir keine Arbeit mehr». Sie wollten nicht weiter mit mir reden. Da ich keine Arbeit mehr hatte, wusste ich auch bald nicht mehr, was ich essen sollte. Meine Nahrung bestand aus Ovomaltine und Haferflocken. In den Haferflocken-Päckli war immer ein Bon. Von diesen gesammelten Bons bekam ich ein Gratis-Paket auf Weihnachten. So musste ich nicht an einem leeren Tisch sitzen.

Vier Monate war ich daheim. Ich getraute mich nicht mehr unter die Leute zu gehen. Eines Morgens früh, klopfte es an meine Türe. Es war die Polizei. Der Polizist sagte: «Kommen sie mit auf den Posten». Dort wurde ich angeschrien: «Jetzt kommen sie nach Münsingen!» Ich musste zum

Gerichtsarzt, der auch Psychiater war. Dieser Arzt hat mich nicht körperlich untersucht. Ich musste nur psychiatrische Tests machen. Dann hat er mich als «kindisch» gestempelt, um mich nach Münsingen einweisen zu können. Ich sagte der Polizei, dass ich sehr starke Kopfschmerzen habe und nach Zürich zu einem bekannten Neurochirurgen wolle. Die Polizei kam mit. Der Arzt hat mir mit seinen kalten blauen Augen Angst gemacht. Er grüsste mich nicht einmal und sprach auch kein Wort mit mir. Er sah mit einem Spiegel in meine Augen, Dann gab er mir einen festen Schlag auf die schmerzende Stelle im Rücken. Sofort fiel ich bewusstlos zu Boden. Erst als er mir auf die Füsse half, erwachte ich wieder. Als ich wieder stehen konnte, entliess er mich. Drei uniformierte Polizisten brachten mich nach Münsingen. Auf der Polizeistation meinte eine Frau: »Es ist alles nicht wahr, was über sie gesagt wird. Wenn sie nur etwas gegen den Gerichtsarzt in der Hand hätten – er hat uns schon so viel Schaden zugefügt».

Münsingen

In Münsingen, 1952, wurde ich nicht freundlich aufgenommen. Man brachte mich auf eine geschlossene Abteilung, wo mich niemand grüsste noch mit mir sprach. Wie eine Verbrecherin kam ich mir vor. Eine Schwester forderte mich auf, ihr zu folgen um die Haare zu waschen. Die Tatsache, dass ich tags zuvor beim Coiffeur frische Dauerwellen machen liess, wollte sie nicht gelten lassen. Ich hatte nichts zu sagen und musste mir alles gefallen lassen.

Die Schwester brachte mich in eine Badewanne mit etwas Wasser. Ohne ein Wort zu sagen, goss sie mir Schmierseifenwasser über den Kopf und das Gesicht. Ich konnte nicht einmal rechtzeitig die Augen zuschliessen, so schnell ging das alles. Das wurde auch nachher immer so gemacht.

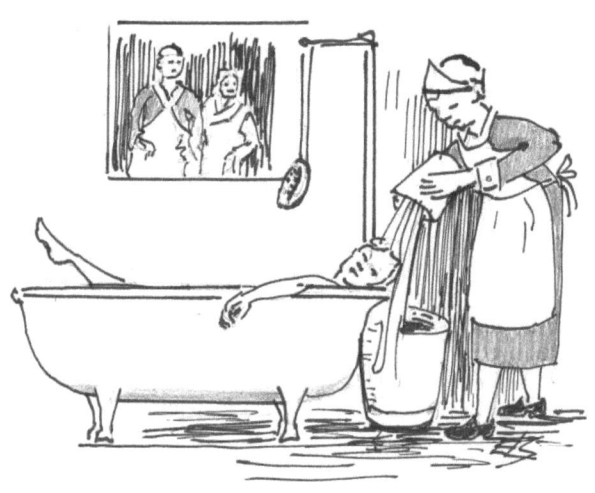

Die Schwestern waren lieblos und grob zu mir. Eine Schwester sagte: «Da gehen sie in die Uhrenfabrik und verdienen einen Haufen Geld, und wenn sie dann ins Irrenhaus müssen, dann muss die Fürsorge bezahlen». Sie sagten immer: »Die kommt von der Fürsorge».

Aber dass ich Fr. 1600.- in meinem Zimmer hatte, das erwähnte niemand. Immer wieder wurde ich gefragt: »Wissen Sie, dass Sie in einem Irrenhaus sind?» Sonst wurde nichts mit mir gesprochen. Alle Tage kam der Oberarzt mit einem schadenfrohen Lächeln. Alle Patienten klagten: Niemand spricht mit uns». Es gab nur etwas Gutes. Bei schönem Wetter durften wir in den Garten. Aber sonst mussten wir den ganzen Tag flicken. Bei jedem Nadelstich gab es mir einen Schmerz im Rücken. Aber ich durfte nichts sagen, sonst wäre es mir sicher schlecht ergangen und ich wäre wahrscheinlich nie mehr entlassen worden. Es war eine ganz traurige Zeit, ohne Liebe und Verständnis.

Einmal wurde ich gerufen, vor den Ärzten zu erscheinen. Der Oberarzt fragte mich: «Hat Herr P. Ihnen die Heirat versprochen?» Ich erschrak ganz mächtig und wusste nicht was er damit meinte. Der Wahrheit entsprechend sagte ich: «Nein». Darauf sagte er: «Aber, dass dann nicht etwas herauskommt, sonst können Sie mich kennen lernen». Herr P. war der Direktor der ersten Uhrenfabrik in Biel, in der ich gearbeitet hatte. Ich ging einmal zu ihm mit der Bitte, dass er mir helfe.

Das war alles was man mit mir sprach. Einmal wollte ich mit einer Schwester ins Gespräch kommen. Bei der nächsten Arztvisite sagte sie: «Die hat mich belästigt».

Nun wollten die Ärzte mit einigen Patienten eine Insulinkur durchführen, ich war auch dabei. Aber wir wurden nicht gefragt, ob wir damit einverstanden seien. Wir wurden in einen tiefen Schlaf versetzt. Das war am Morgen, und am Nachmittag mussten wir wieder flicken. Dann wurde uns die Temperatur gemessen. Ich hatte jeden Tag 37.8- 38°. Es hiess immer, das komme nur vom Insulin. Da gibt es also eine Kur, von der man krank wird. Als dann die Kur vorzeitig abgeschlossen wurde, bekam ich nie mehr ein Thermometer!

Eines Tages wachte ich auf, weil ich so heftig geschrien hatte und am Kopf eine Beule hatte. Alle Ärzte standen an meinem Bett. – Eines Morgens kam eine Schwester die Treppe herunter und zog eine Patientin an den offenen Haaren mit sich. Das hat mich sehr beschäftigt.

Münsingen

Dann kam ein Direktor, der mich sofort auf die offene Abteilung versetzte. Dort hatte ich freien Ausgang. Ich konnte spazieren gehen wohin ich wollte. Nun sollte ich einen Vormund bekommen. Die Fürsorgerin der Anstalt sagte zu mir: «Sie müssen aufpassen, was für einen Vormund sie bekommen, sonst kommt das nie mehr gut». Ich sagte: «Fräulein, wenn sie das wissen, würden sie dann so gütig sein und mein Vormund werden?» Sie sagte zu und ich war froh.

Dann kam eine deutsche Ärztin in die Anstalt. Diese fragte mich eines Tages: «Warum zittern sie so heftig, wenn man sie ansieht?» Darauf gab ich keine Antwort. Nun sagte sie: «Ich möchte einmal ihren Rücken untersuchen». Damit war ich sofort einverstanden, weil ich dachte, vielleicht komme noch alles gut. Sie sagte: «Ihr Rücken ist ganz hart und nicht verschiebbar». Dann hat sie mich massiert und mir Schmerz-Tabletten gegeben. Nachher sagte sie mir, sie wolle mit dieser Massage weiterfahren. Damit hat sie mir das Leben gerettet. Nun bekam ich alle Tage Schmerz-Tabletten und wurde massiert. Schon nach ein paar Monaten spürte ich eine Besserung. Nun fasste ich wieder Mut. Wenn es mit Tabletten und Massage besser wird, dann muss ich ja nicht mehr dableiben, dachte ich. Ich könnte doch arbeiten und mir die Tabletten selber kaufen und den Masseur selber bezahlen. Die Ärztin sagt zu mir: «Hier ist es nicht gut, ich gehe fort». Darauf verliess sie die Anstalt. Nun sagte ich zum Direktor: «Ich will fort». Er sagte: «Sie können zu einer Frau im Dorf gehen». Und ich durfte endlich gehen.

Bei den Frauen im Dorf

Die Frau war nett zu mir. Bei ihr lernte ich verschiedene Frauen kennen, welche mir dann Arbeit zum flicken gaben. Bald hatte ich Fr. 60.- verdient. Eine Frau sagte zu mir: «Sie sind gar nicht verrückt, ich helfe Ihnen. In Bern habe ich eine Schwester, die bekommt das dritte Kind und hätte gerne eine Hilfe für einige Monate. Wenn sie es dann wieder allein machen kann, so wird sie ihnen wieder eine Stelle suchen. Das war die zweite Rettung. Ich war frei und ging sofort nach Bern. Meiner Vormundin sagte ich davon. Sie war einverstanden und versprach mir die Schmerz-Tabletten. Diese Tabletten bekam ich zwei Jahre lang. Im Ganzen war ich zwei Jahre und vier Monate in Münsingen.

Ca. 1954: In Bern kam ich in eine nette Familie zu einer lieben Frau. Das Essen war sehr gut, und die Kinder waren lieb. Auch hatte ich ein schönes Zimmer. Ich ging alle Tage mit den Kindern spazieren. Es war sehr schön dort und ich konnte vier Monate bleiben. Dann kam ich nach Muri bei Bern in eine Familie mit vier Kindern. Auch hier hatte ich ein schönes Zimmer, und das Essen war sehr gut. Nun ging ich jede Woche einmal nach Bern zum Masseur – zwei Jahre und vier Monate lang, so lange ich hier in Stellung war. Alles ging gut. Nach zwei Jahren konnte die Vormundschaft aufgelöst werden. Meine Schwester kam mit mur zu Dr. Pia, und dieser Hat die Vormundschaft sogleich aufgehoben. Ich musste nur einmal zu ihm gehen.

Der Masseur sagte: «Der Rücken ist fast ganz gut». Dennoch bekam ich wieder Rückenschmerzen. Weil der Eiter nur wegmassiert und der Rücken daher weich geworden war, zeigte es sich, dass die Bänder und Sehnen ihre Elastizität verloren hatten. Wenn ich eine Last heben musste, wurden deshalb an zwei Stellen die Wirbel verschoben. Ich ging zum Chiropraktiker. Dieser sagte: «Sie müssen sofort regelmässig behandelt werden, sonst kommt das nie mehr gut». Wenn ich etwas gehoben hatte, kamen sofort die Schmerzen und liessen erst nach der Behandlung wieder nach. Das ging acht Jahre lang so. Ich hatte noch zwei Stellen, die nicht gut waren.

Zürich, bei Professor

Ca.1962 kam ich nach Zürich und suchte mir eine Stelle. Wegen meinem Rücken suchte ich mir einen leichten Posten. Ein alleinstehender Professor suchte eine Haushälterin. Auf meine Anmeldung hin wurde ich eingestellt. Der Herr war aber nicht allein, er hatte einen schwachbegabten Sohn, der als Volontär bei einem Bauern arbeitete und alle Wäsche und Kleider zum waschen und flicken heimbrachte. Es war viel und sehr schmutzig.

Auch waren sieben Zimmer zu besorgen. Kaum war ich da, hatte der Herr zehn Wochen lang vier Männer in Kost und Logis. Ich musste viel mehr arbeiten als ich erwartet hatte und ertragen konnte. Einmal in der Woche musste ich zum Chiropraktiker und war immer sehr müde. Ich wollte mit dem Herrn reden, aber er wollte nicht. Er besorgte mir wieder einen Vormund. Ich war sechs ein halbes Jahr an dieser Stelle und konnte nie mit ihm reden, er wollte einfach nicht. Mir war klar, dass ich kündigen musste. Aber am neunten Tag nach der Kündigung klopfte es am Abend um neun Uhr an meine Zimmertüre. Zuerst wollte ich nicht öffnen, aber jemand sagte: «Hier ist ein Arzt, welcher sie sehen will». Da öffnete ich. Der Mann, dem ich diente, und noch ein anderer Mann traten ein. In ein paar Minuten war alles fertig und sie gingen wieder. Am Morgen früh läutete es. Es war das Burghölzli-Auto, welches mich abholen kam. Der Mann, dem ich diente, hatte ihnen das Dokument von Münsingen ausgehändigt mit meinem Lohn. Ich musste alles, Fr. 3000.-, selber bezahlen.

Da hat sich der Himmel dunkel über Adelheid
zusammengezogen.

Burghölzli Zürich

Zar der Lüfte:

Levitation

Im Burghölzli kam ich in die schlimmste Abteilung, die sie haben. Alle vier Tage wurde ich versetzt, bis ich auf der besten Abteilung war.

Jeden Tag wurde ich gefragt: «Warum sind sie da?» Ich konnte ihnen keine Antwort geben, da ich es nicht wusste.

Einmal bekam ich Besuch von einer bekannten Frau. Ich sagte ihr, dass sie mich behalten wollten. Diese Frau sagte zu den Ärzten: «Wenn sie diese Patientin behalten, dann unternehme ich Schritte!» Am andern Tag musste ich vor die

Ärzte. Sie sagten: «Wir haben eine Stellung für sie, sie können in ein Altersheim». Ich ging sofort und wurde als Zimmermädchen eingestellt. Als Lohn bekam ich Fr. 300.- Nach ein paar Wochen kam ich auf die Nachtwache. Nun durfte ich wieder die Haube aufsetzen.

In meiner Kirchgemeine war jeden Mittwochabend Andacht. Einmal kam ein Pfarrer und sagte: «Wenn jemand Unrecht leiden muss, so kann er zu mir kommen». Er war Dr. jur. Ich telefonierte ihm und machte eine Sprechstunde ab. Er versprach mir Hilfe. Auch wolle er die Vormundschaft auflösen und mein Beistand sein. Hocherfreut ging ich wieder heim. Nach zwei Jahren konnte die Vormundschaft wieder aufgehoben werden. Seither bin ich frei. Noch während sieben Jahren machte ich im Altersheim Nachtwache. Als ich 65 Jahre alt war, habe ich gekündigt. Seit zehn Jahren wohne ich nun in Zürich und habe es sehr schön. Ich lebe von der AHV.

Gott und Jesus haben es gut gemeint mit mir. Wie soll ich ihnen alles danken! HALLELUJA!

Nachwort:

Schwester Adelheit kannte Pfarrer Hofstetter persönlich. Sie besuchte in der evangelischen Kirche Neumünster regelmässig den Gottesdienst. Ihr letzter Wohnort war an der Wildbachstrasse im schönen Seefeld, Zürich. Das Haus habe ich so nicht mehr gefunden, wie es früher war. Es sei jetzt alles im Dunkeln, denn im Innern habe sich nun das Blindenwerk «BLINDE KUH » etabliert. Dies vernahm ich bei meinem letzten Telefonat mit dem Leiter der damaligen Missionsstelle. Er erklärte mir noch ausführlich, wo er überall Predigten gehalten hätte, St.Peter Zürich, weitere St.Gallen, weiss nicht mehr was er noch alles aufzählte, nur dies, sie sei gewiss eine Liebe gewesen.

Liebe Leser:

Dies ist die wortgetreue Abschrift aus dem Buch der Schwester Adelheid.

Hie und da habe ich Anmerkungen und Bildbeschreibungen eingefügt. Alle Zeichnungen sind von mir.

(Die Verfasserin)

Quellenverweis der Bilder

- Der Bund 3001 Bern Tages- und Wochenpresse
- Appenzeller Chroniken und diverse andere
- Alamy Stock Foto - (Münsingen)

Bisher in BoD erschienen

- Der Musiker und seine Begleitung
- Alles ist schwer
- Die Jukebox
- Schwester Adelheid 2019

Schriftsatz in Word: Calibri Textkörper 12 Punkt, Georgia, Times
Anmerkungen in Times New Roman

Scans: Hewlett Packard